EDIFICAR

UNIVERSOS

David Valladar García

Ella

europa
ediciones

© 2025 **Europa Ediciones** | Madrid

www.grupoeditorialeuropa.es

ISBN 9791256960293

I edición: enero del 2025

Distribuidor para las librerías: **CAL Málaga S.L.**

Impreso para Italia por *Rotomail Italia S.p.A. - Vignate (MI)*

Stampato in Italia presso *Rotomail Italia S.p.A. - Vignate (MI)*

Ella

PARA ELLA, MI MÁS ETERNO AMOR.

Agradezco incondicionalmente a la editorial Europa ediciones, a mi pareja, a mi familia, a mis amigos y a toda esa gente que me apoya siempre tanto en la luz como en la oscuridad, poder haber hecho un sueño realidad.

Sin ellos esto no hubiera sido posible.

Un abrazo enorme

"Cuando te gusta una flor sencillamente la arrancas...
pero cuando la amas la riegas diariamente.

Si comprendes esto entonces entenderás la vida."

BUDDHA

En algún momento de mi vida actual empecé a sentirme diferente, era una sensación realmente extraña. No entendía que me estaba pasando, qué es lo que me iba a deparar el futuro, en varias ocasiones eso puede generar ansiedad o nerviosismo, pero esta vez era completamente diferente. Y creo que, desde la perspectiva del tiempo y el espacio, soy consciente de que esa sensación que estaba recorriendo todas y cada una de las partes de mi cuerpo era aquello que todo el mundo necesita en algún momento de su vida.

Es algo que aparece de forma misteriosa y que a veces nosotros mismos hemos logrado en la vida por cientos de experiencias. Ese "algo" no es más que el CAMBIO. Y es que estaba cambiando porque la vida te dice que cambies, y tu interior parece que escucha sus palabras, y justo cuando es el momento indicado que has pasado experiencias y momentos concretos es cuando comienza a prepararse para salir de esa vieja piel, y empezar a tener la nueva, como una serpiente con su piel se despide de lo viejo y deja paso a lo nuevo. Siempre habrá algo nuevo y diferente, si nosotros lo permitimos.

El cambio es algo que asusta, algo que te echa para atrás y, desde luego, la mayoría de las personas no lo quiere. En el caso de esa serpiente no tiene miedo, no se asusta, lo que tiene es ganas de seguir y de mejorar, y es en lo que debemos fijarnos, en cambiar para mejorar, nada más. En el mundo animal y natural es muy sencillo: cambias, creces y mejoras. El mundo del humano es algo más diferente, pero sé que mucha gente que lea estas páginas lo entenderá. Lo curioso de todo esto, (por eso hablo de momentos de cambios conscientes y otras veces de unos más inconscientes), es que lo inconsciente sería después lo que se hace consciente, es decir, que suelen venir cambios que no somos capaces de definir o de entender hasta qué pasan y es más adelante cuando vemos esos cambios, los sentimos y los notamos. Y son cambios que nos hacen ser capaces de tomar acción en nuestra vida, corregir errores y llenarnos de más energía positiva, y además una vez somos conscientes de esos cambios, nosotros mismos podemos llegar a ser capaces de poder crear otros nuevos cambios en base a los inesperados, y todo suele ir a mejor, siempre sucede que dentro de la vida misteriosa y que está llena de casualidades hay pequeños cambios con enormes resultados. Es algo espectacular.

Creo que esa diferencia es lo que me ha hecho darme cuenta del valor de las cosas en la vida. No tuve un pasado fácil, y la verdad me alegro de todo lo que pasó para así poder valorar de verdad lo que me está dando. Esa vida es un lugar extraño y a la vez acogedor, es capaz de darte todo y al mismo tiempo de eliminártelo para siempre, por eso solo depende de nosotros el poder hacer algo, y según como hagamos las cosas así lograremos tener un valor en el mundo, un peso, una fuerza y energías extras para afrontar lo que sea que venga a nosotros.

Se podría decir que la vida puede darnos un regalo, pero siempre regalos reales y nada materiales, ya que lo material y artificial es momentáneo pero lo humano, lo real y lo verdadero es para siempre.

Si la vida te trae personas es por algo, valóralas, aprecia lo que son y sobre todo no las dejes escapar porque tengamos el famoso mal día. Tenemos que ser conscientes que en este mundo de caos y que se mueve por el dinero no hay nada más valioso que las personas que amamos, ya que el dinero va y viene, pero esas personas especiales y cercanas que más amamos son lo realmente importante, ya que cuando dejemos este mundo lo único importante es el amor que sientes cerca de los tuyos. Cuando estemos a punto de morir no vamos a recordar qué coche tenemos o cuánto dinero nos queda en la cuenta del banco, sino que, por el contrario, vamos a recordar qué personas son tu familia y lo que sientes de verdad con ellos. Eso es vida, eso es valor... Y es que el amor es lo que se quedará por siempre, aunque dejemos de existir. Jamás deberíamos olvidar esto.

Y sé que jamás podré llegar a explicar lo que siento con esa persona que me ha cambiado la vida, pero sé que ella lo sabe también como yo, y es ahí donde me he dado cuenta de algo.

Cuando no podemos explicar por qué queremos a alguien, es porque amamos de verdad. El amor como la vida no tiene explicación, solo se puede entender a través de sentimientos. Y espero que en estas pocas páginas se logre ver eso. Es una dedicatoria para esa persona especial que me ha cambiado la vida, que me ayuda todos los días, y que para mí es mi hogar, al igual que yo para ella. Estas hojas recogen una breve esencia de lo que siento con un amor diferente al resto, donde todo es posible y donde de verdad quiero estar para siempre. Tú, fuiste, eres y serás la mujer de mi vida.

Es lo verdaderamente emocionante de todo este proceso vital, el conocer a alguien y ayudarse mutuamente a crecer y a cambiar a mejor, es lo más maravilloso que existe.

Te quiero eternamente.

Cuando te conocí no imaginé que ahora tú eres más tú y yo soy más yo gracias a nosotros mismos. Gracias por lo que haces siempre. Sigue iluminando al mundo con tu luz y con tus toques de tormenta, hace mucha falta. Tu interior es para mí un hogar, donde todo es posible y en donde sé que voy a ser comprendido.

TUS OJOS NO SON SOLO ÚNICOS Y BONITOS, TUS OJOS SON DIFERENTES, Y ME SIENTO MUY ESPECIAL PORQUE LOS PUEDO VER COMO REALMENTE SON... LO QUE HACE QUE MI CORAZÓN LLEVE TU NOMBRE, Y SONRÍA CADA VEZ QUE TE SIENTE.

No llegaba a comprenderlo del todo, estando contigo en ese lugar, en ese sitio silencioso, bañado por casi la completa oscuridad de la noche...

Donde sólo estábamos tú y yo... nuestras miradas... nuestro tacto... nuestra respiración... el roce de nuestros labios... y una leve luz al final de todo, la cual, sólo dejaba ver nuestras jóvenes siluetas disfrutar de lo que llaman vida. Ahí lo comprendí. No llegaba a entender cómo era posible que pudiera volver a estar tan bien. Tan cómodo, tan YO. Me sentía como un niño cuando sabe que es Navidad y está en su casa en familia esperando un chocolate caliente, mientras fuera hace frío y nieva.

Es sentirse más pleno y lleno de lo que ya era, tanto que es difícil de explicar con palabras. Siento que nos sumamos. Que siempre iremos a más y es justamente por eso que prefiero no pensarlo, sino vivirlo. Y si me miras como lo haces siempre, seguro que lo disfruto mucho más. Para mí eres eterna.

LO DE DARTE ABRAZOS RECIÉN LEVANTADOS
ES OTRO ROLLO...

Surcando los mares de la vida he visto cientos de cosas, he conocido a innumerables personas y he experimentado ciertas cosas con las que cualquiera se pudiera volver loco...

Lo que no sabía y ahora por fin lo sé es que la vida te puede sorprender cuando menos lo esperas... tanto a ti como a mí, nos ha dado lo que realmente nos merecemos. Una persona con cabeza, con corazón y con una autenticidad única. Que está llena de pasión por el mundo, por la vida y por la propia identidad. Alguien que respira, que siente y que lo demuestra.

Lo que provoca en mí cientos de cosas que a su vez sé que también sientes tú. El recuerdo de tus ojos en mis días nublados los transforma en días soleados llenos de frescor, y de una fragancia que me hace sonreír. Y es que con el amor todo es más sencillo, las cosas tensas desaparecen, el cansancio se esfuma, y lo que realmente importa en la vida aparece. Uno se puede dar cuenta de muchas cosas en la vida, pero de pocas que le cambien para siempre. Una de esas cosas es muy simple y a la vez muy determinante. Esa cosa es dormir, sí, descansar al lado de esa persona que hace que tu interior florezca, y se llene de luz.

Si duermes con la persona de tu vida duermes de verdad, y no existen días malos o buenos, al contrario, todos son realmente buenos, lo malo desaparece y lo bueno se mejora.

Y es porque esa persona es con la que estás en paz, en armonía y tan lleno de felicidad que todo es posible. Si es así, si pasa esto, no dejes jamás que se vaya. Contigo todo es diferente y es muy especial.

Te voy a cuidar. Te voy a proteger. Te voy a ayudar. Te voy a besar siempre. Te voy a abrazar en tus días de cansancio para darte energías. Te voy a hacer sonreír en tus días grises, y voy a mejorar tus días soleados. Porque tú sí que mereces algo así, y mi corazón está deseando que le cuides y que le ames tanto como nunca antes.

ERES MARAVILLOSA.

ME HAS ENSEÑADO MUCHAS COSAS. ENTRE ELLAS A DARME CUENTA DE QUE, CUANDO QUIERES DE VERDAD, NO EXISTE EL TIEMPO NI EL ESPACIO, SOLO EXISTIMOS NOSOTROS. Y CREO QUE PUEDO DECIR QUE ES UNA DE LAS MEJORES SENSACIONES DEL UNIVERSO.

Muchas veces en mi juventud me daba por pensar en ese amor único y especial. Soñaba con ese momento en donde aparecería y podría ser yo mismo de verdad, sin complicaciones y sin oscuridad... Creo que a todo el mundo le ha pasado, siempre esperamos a esa persona diferente que nos provoca vibraciones por dentro y nos hace hacer locuras... Ese alguien que, aunque no llegue a comprendernos del todo, lo intenta, está ahí, lucha y se implica en todo, no sólo por ti, sino por los dos. Ese alguien a quien le importamos de verdad. Ese alguien por el que harías cualquier cosa.

Esa persona que más sabe de mí, con la que cuento primero para todo, con la que puedo ser yo y mostrar mis debilidades y fortalezas, no juzga, comprende y escucha... Esa persona siempre había estado en mis sueños y en mi imaginación, y es curioso como, después de una caída tras otra, aparece imprevistamente. Es muy probable que esté leyendo estas hojas con una gran sonrisa, sabiendo que es ella, esa es mi intención, ver cómo sonríe por siempre.

En ese momento me di cuenta de algo, una vez más la vida me sorprendió. Y cuando dejamos de necesitar a esa persona increíble es porque nosotros ya hemos llegado a serlo.

Es justo en ese instante en donde dejamos los sueños y nos enfocamos en la realidad, cuando comenzamos a escucharnos de verdad, a querernos de verdad,

a valorarnos como merecemos. Es cuando de verdad estamos listos para él o ella y viceversa, todo empieza por uno mismo para que después pueda continuar con los demás. Empieza desde dentro y no desde fuera. Tengo que decirte millones de cosas, pero por ahora quiero que sepas algo... y es que es precioso estar contigo cuando reímos por tonterías, cuando nos ponemos serios, cuando discutimos y nos perdonamos... cuando nos miramos y es suficiente para saber lo que pensamos... cuando estamos compartiendo el silencio, ese silencio contigo tiene mucho más sentido... cuando decimos que nos vamos y no nos vamos, cuando decimos que ya nos veremos y al final nos vemos todos los días más de una vez... y cientos de cosas que ambos sabemos...

Todo a tu lado es paz. Todo esto es lo que siempre había soñado y lo que veía imposible, ahora es posible, existes, y jamás voy a dejarte, estaré por siempre. Quiero cuidarlo como realmente se merece, con educación, con respeto, con moral, con mucha dedicación y en especial con amor de verdad.

¿Cómo sé que es amor real?

Es sencillo, no puedo explicarlo, es así de simple y complejo al mismo tiempo. Cuando no podemos explicar lo que sentimos es porque de verdad lo sentimos.

Eres una luz en la oscuridad, eres mi calma en la tormenta, y eres ese alguien capaz de hacer que yo mismo crezca un poquito más cada día.

Por si no te ha quedado claro, eres alguien que me ves caer, me ves crecer, y que, aunque esté mal o bien, siempre vas a estar ahí, al igual que yo por ti. Siempre tendrás un abrazo, un beso, unas palabras de realidad para ayudarme. Lo que sea por y para mí, como yo para ti.

No existe nada más bonito que mirarte a los ojos y verme reflejado en ellos, mientras siento como me comprendes sin decir una palabra porque me amas, al igual que yo a ti.

¿Y SI ME PREGUNTASEN QUÉ ES LO QUE
QUIERO EN LA VIDA?

DÉJAME DECIRTE ALGO. ES MUY SENCILLO. LO
QUE QUIERO ES DESPERTARME Y QUE TÚ ES-
TÉS A MI LADO POR SIEMPRE.

Cuando estoy contigo puedo comprender un poco mejor eso que llaman vida, dejar de lado todo aquello que nos han dicho que es y sentirla de verdad. Nosotros SOMOS. Hay honestidad, comprensión, escucha, interés por encima de cualquier cosa.

No somos egoístas, somos gente con una empatía fuerte, somos personas que saben lo que quieren y lo cuidan por siempre cuando lo consiguen. Nosotros nos ayudamos mutuamente para crecer cada día, por eso somos el equipo perfecto, porque valoramos lo que somos.

Nos alegramos por los logros del otro desde el corazón, nos potenciamos los puntos flacos para llegar a donde queremos llegar, y estoy muy seguro de que vamos a llegar a sitios enormes... el tiempo, la constancia y el amor lo dirán.

LLEVO LA FRAGANCIA DE TU ALMA
IMPREGNADA EN MI CORAZÓN.

Estando aquí, en la profunda oscuridad, rodeado de mantas llenas de colores y formas, es donde lo siento. Siento mi corazón pegado al tuyo. Nuestros cuerpos fusionados. Nuestras manos entrelazadas formando una sintonía de placer... Me siento vivo, me siento en paz y me siento mucho más yo. Se suele decir que una persona nos suma o nos añade o nos empuja a más, pero quiero que sepas que tú no sólo me sumas, tú me multiplicas, tú me inspiras y tú haces que tenga más sonrisas y realidad en todos los días de mi vida.

Va a ser cierto eso que suelen hablar de que las mejores cosas aparecen sin quererlo, y de que esas mejores cosas llegan en el momento adecuado de nuestras vidas, cuando estamos preparados para entenderlo, valorarlo y disfrutarlo como realmente se merece. Y sé muy bien que si hubiéramos llegado en otro momento a nuestras vidas tú no serías tú y yo no sería yo...

Llegamos en el momento perfecto. En ese momento de crecimiento puro, donde sabemos quiénes somos, qué queremos, qué no queremos, y qué vamos a conseguir, tanto juntos como separados. Es decir, que llegamos para quedarnos de verdad, y la verdad es maravillosa.

Cuando veo tus ojos, veo tantas cosas que es complicado decir todo eso que veo, y más complicado es explicar lo que siento por ellos. Y es que cuando eso pasa en la vida de alguien, es porque la persona que está a tu lado es alguien de verdad. Esto no va de explicar cosas, va de sentirlas tal y como son, y yo te siento cómo eres y me encantas.

Sé que vamos a llegar a grandes sitios, a conseguir cosas enormes, y a ser cada día un poquito mejores. En solitario seremos poderosos, pero juntos seremos invencibles. Y es algo que los dos sabemos sin decirlo, solo con mirarnos lo sentimos.

Gracias por todo tu cuidado, cariño, respeto y apoyo en todo, sabes que yo hago lo mismo, porque nos merecemos algo así de una vez en la vida. Estoy muy orgulloso de lo que has logrado dentro de ella, y de lo que todavía te queda por conseguir.

SIEMPRE ESTARÉ AHÍ PARA QUE JUNTOS CELEBREMOS NUESTRAS DERROTAS Y NUESTRAS VICTORIAS, PERO SEA LO QUE SEA, SÉ QUE QUIERO VIVIRLO A TU LADO.

ESOS OJOS TUYOS SON COMO ESA CANCIÓN
QUE NO PODEMOS SACAR DE LA MENTE, Y
QUE SE REPITE UNA Y OTRA VEZ.
ESA CANCIÓN QUE NOS HACE SOÑAR, NOS
HACE SENTIR Y QUE NOS HACE
VIVIR.

Existen en la vida los famosos días buenos y los días malos. Esos días que quieres todo y que sabes lo que tienes que hacer con un orden increíble y todo sale bien. Aunque también existen esos días malos en los que piensas demás las cosas, en donde todo va de otra forma y en donde parece que hemos puesto el piloto automático y no pensamos correctamente lo que hacemos, sentimos una especie de niebla mental.

Por días como esos, muchos prefieren abandonar o rendirse ante el caos, pero otros recuerdan quiénes son y hasta dónde han llegado, y en especial recuerdan y sienten a esa persona que solo con mirarla desaparece lo malo, desaparece la niebla, y consigue salir el sol.

Tú haces que mis días más oscuros sean soleados, y que esos días donde pienso que todo es imposible sea posible, haces que sonría cuando pensaba que no se podía, haces que mire las cosas de otra forma, haces millones de cosas para recordarme una y otra vez lo tontos que somos los humanos a veces, lo que pensamos que es un mundo y lo que creímos que iba a pasar cuando después es otra cosa.

Contigo todo es diferente y haces que la realidad sea lo que es y no lo que en muchas ocasiones los problemas nos hacen creer que es.

Provocas en mí muchos cambios y muchas nuevas puertas que jamás había llegado a ver cómo sé qué te pasa a ti conmigo.

Cada día doy gracias a Dios, a la vida, a lo que y a quién sea porque hayamos aparecido en la vida del otro. Eres paz y contigo me siento a un nivel que jamás había sentido, me da miedo, pero este miedo es diferente a todo lo que he vivido en mi media vida, es un miedo que me hace cambiar a mejor, que me hace crecer y que me ayuda a ser yo.

Lo que quiere decir que el miedo no me frena, sino que me motiva a seguir y seguir, porque el miedo no existe, lo que existe son mis pensamientos, pero esos pensamientos desaparecen en cuanto mi corazón habla.

Y la única cosa que dice para espantar todas esas cosas negativas y oscuras, es nuestro nombre.

LAS DERROTAS CONTIGO SON VICTORIAS, Y
LAS VICTORIAS A TU LADO SON ÉXITOS.

Aquí estoy, notando las vibraciones del coche mientras nos movemos con el mundo. Tu cara dulce y cálida se clava en el asfalto para que después tus ojos se posen en los míos. Coges los mandos del coche con una habilidad que desde luego es admirable, y no me canso de verlo. El mirarte mientras haces todo eso y cantas mostrando una sonrisa en tu rostro provoca en mí muchas cosas que me recorren todo el cuerpo y que jamás alguien que no sepa amar sabrá comprender, solo el que ama lo pude llegar a saber...

Me quedo embobado mirándote, sabiendo que tú eres la persona que quiero a mi lado siempre. Mi persona hogar que sabe más que el resto y que siempre será así. Siento un orgullo y una felicidad a tu lado que son inexplicables. Lo que sé bien es que te pasa lo mismo, y eso es algo mágico.

Una vida a tu lado sería el sueño de cualquier persona, pero todos no tienen la grandeza de tenerte, yo te tengo, y voy a cuidarte por siempre, estemos donde estemos y estemos como estemos. Te mereces las mejores cosas del mundo, y juntos vamos a luchar por ellas para des- pués poder llegar a disfrutarlas unidos.

Juntos por y para siempre.

ME MIRO... TE MIRO... Y NOS VEO, NOS OIGO Y NOS SIENTO TANTO AYER, COMO HOY, COMO MAÑANA, Y ES QUE SEREMOS ETERNOS.

Sé que te amo, pero no puedo explicar por qué te amo, una fuerza, una energía, un algo que llevo dentro de mí fluye por mi ser y me dice que eres tú. Sé que te pasa lo mismo, y cuando no podemos explicar algo como esto es porque es de verdad.

Hay veces que queremos irnos a casa y descansar, sentirnos seguros y acogidos, y es que contigo jamás quiero irme a mi casa, porque mi casa, mi hogar, mi morada, mi sitio seguro, cómodo y donde puedo ser yo siempre, eres tú.

CONEXIÓN ATEMPORAL

1

Aquella tenue luz dejaba ver una mínima parte del cuarto donde Fran, con cara de dolor y con una leve lágrima cayendo por su párpado, se encontraba escribiendo sin cesar en unas cuantas hojas amarillentas. Él no sabía que algo así podía suceder, pero al final las cosas que menos esperamos son las que precisamente suceden. La vida es totalmente impredecible y mucho más cuando se trata de una vida al lado de alguien a quien amas...

Fran, hace unas horas, era un hombre feliz con sus responsabilidades de cuidar a los caballos de su majestad, y limpiar los establos. Hasta que recibió la triste noticia de que la hija de su majestad, la joven Abril había sido estrangulada en su habitación de palacio mientras dormía. Todos le echaron las culpas a él, debido a su cercano contacto con ella. Era inevitable que no fuera el más señalado por todos. En la corte del rey todos sabían que Fran y Abril tenían cierto contacto, cierta conexión que era realmente raro poder ver y sentir, ya que este tipo de conexiones solo aparecen una vez cada muchos cientos de años. Sabían que ambos mantenían una relación oculta y que habían pedido total discreción debido a que, si el rey se llegase a enterar, Abril no sería la futura reina y Fran... acabaría siendo comida para los gusanos. Aunque, al parecer, alguien se encargó de delatarlos. Hasta que llegó aquella noche donde el leve ulular de los búhos, y la luz tenue de la luna dejaron paso a la muerte injustificada de la joven futura reina. Estrangulada mientras dormía, fue lo único que se habló a la mañana siguiente del incidente.

El rey consternado empezó un proceso de investigación ante el crimen. La reina había fallecido hacía unos años atrás y a él solo le daban ganas de vivir ver cómo su hija se estaba convirtiendo en la futura reina que aquel reino necesitaba. Saber que había sido asesinada de aquella forma tan horripilante le tocó el corazón, pero también el botón de la venganza. Ahí empezó el principio de un fin que realmente sería interminable.

—No puede ser posible... ella no merecía nada de todo esto —dijo Fran llorando mientras doblaba aquella carta escrita y la guardaba en un sobre completamente blanco.

Tras guardar la carta sellada en el último cajón de su mesilla de noche, se aproximó hacia la puerta principal. Necesitaba irse de allí, crear una vida a su lado, necesitaba decírselo, pero ella ya no estaba... Sabía que su vida, así como la de su amada, estaba en un completo juego de poder. También sabía que aquella carta jamás la llegaría a leer, aun así, la escribió. Necesitaba dirigirse a ella de alguna forma... Sentía un profundo dolor en el pecho, un vacío que le comía, pero sabía que no podía detenerse ante aquel dolor, ya que si lo hacía todos acabarían con él. Necesitaba huir de allí para poder ver todo con perspectiva y poder entenderlo, para poder empezar a hacer algo al respecto. El ser humano necesita destruir algo para poder volver a construirlo y esa segunda vez será más fuerte, más poderoso y especial. El sufrimiento ayuda a forjar quienes seremos en un futuro.

Fran no comprendía muy bien nada de aquello, estaba tocado, y la tristeza y el dolor estaban por encima de la ira y del odio. Aunque sean sentimientos y emociones muy

malas en ciertos momentos en nuestras vidas, son nece-
sarias sentirlas y vivirlas. Su cabeza era un mar de dudas
y de recuerdos que desembocaban en un profundo dolor
en su pecho, pero tenía que irse, y eso hizo.

2

El viento llevaba consigo una fuerza considerable en esas horas intempestivas en la madrugada. Puñados de hojas daban al viento formas y colores pintorescos. Mientras Fran y uno de sus caballos favoritos de los que cuidaba, el especial Paris, surcaban las últimas casas del reino antes de aproximarse a la salida. Fran no entendía nada de aquello, no sabía quién podría haber sido el culpable de que su amada fuera asesinada, lo que sabía es que cuando todo aquello se haya calmado iba a averiguarlo y nadie le detendría. En su interior había empezado sin que lo supiera un proceso de cambio. Un proceso de asimilación, y cuando esto pasa, hay dos opciones: o sale bien o sale mal, pero desde luego tenía la fuerza y el coraje suficientes para que aquello saliera bien.

Pasó veloz por la última casa del reino que estaba situada muy cerca de la puerta de la muralla principal, y de las sombras empezó a formarse una figura. Una figura humana, con una capucha que rápidamente comenzó a dejar ver el rostro de un hombre, un hombre que mostraba una sonrisa enfermiza.

—¡A POR ÉL! ¡COGEDLE! ¡QUE NO ESCAPE! ¡ÉL ES EL ASESINO!

De pronto, una oleada de personas que descansaban en plena oscuridad abandonó las sombras y fueron, hacha en mano, directas hacia Fran y su caballo, el portón del castillo que estaba completamente abierto bajó de golpe. En ese preciso instante, Fran, a escasos metros de la libertad, lo supo.

—Estoy muerto —se dijo a sí mismo mientras veía cómo de las sombras cientos de personas encapuchadas iban en dirección a él, con hachas en mano y con antorchas que comenzaron a encender. El fin se acercaba.

3

Sus sentidos comenzaron a activarse, empezando por el del tacto y acabando por el olfato, pero lo que sentían es algo que nadie en su vida querría sentir. Sus manos las notaba agarrotadas por la presión de las cuerdas en su espalda. El oído comenzaba a agudizarse, dejando entrar en él sonidos de voces y chillidos dirigidos hacia a él. En su boca sentía un sabor oxidado, supo que era sangre, debido al golpe que le propino uno de esos hombres encapuchados, pero lo peor no fue eso que notaba y sentía, lo peor fue cuando comenzó a ver dónde se encontraba y a oler lo que había allí. Cuando sus ojos se aclararon, pudo ver a cientos de personas congregadas en el poco espacio que había en su casa. Él se sentía aturdido y un dolor leve que comenzó a aumentar le picaba en la parte trasera de la cabeza. Sabía que estaba perdido y que probablemente no podría llegar a sobrevivir, estaba atado a una de sus sillas, como un maleante, atado de pies y manos, y con la boca amordazada con un trapo sucio y viejo. Ahí fue cuando notó que lo que sentía en su boca con ese toque oxidado era sangre de verdad, y en gran cantidad, debido a que su labio interno supuraba. Cuando consiguió ver algo más entre la poca luz que había allí, lo supo. Estaba completamente rodeado de trozos de madera vieja y paja, formando un círculo perfecto a su alrededor. Le iban a quemar vivo y nadie podría hacer nada para cambiarlo. Hay veces que las injusticias existen y no se puede hacer nada por cambiarlas, aunque lo que es auténtico y verdadero siempre existe, fue el caso de Fran y del amor que sentía por aquella bella joven que murió de forma misteriosa.

4

De entre las leves sombras que había, salió un señor bien vestido, con túnica y lleno de joyas. Era el rey, el cual miraba a Fran con un rostro lleno de odio y asco. Tras él, la marabunta de gente le seguía con antorchas encendidas que desprendían ráfagas de fuego intenso. En ese momento, Fran supo que jamás volvería a sentir el tacto de la naturaleza, jamás podría disfrutar de una buena comida, ni de una buena actuación musical, hasta ahí había llegado su humilde vida. Las cosas pueden cambiar cuando menos lo esperamos.

—Ha llegado tu hora, maldito bastardo —dijo el Rey, lleno de furia.

El rostro de Fran se volvió completamente pálido, no sabía muy bien qué decir o qué pensar, lo único que hizo fue respirar profundamente y dejar que su mente se fuera a otro lugar. A un lugar acogedor y especial, a su verdadero hogar. Ese hogar era ella, su querida Abril.

5

La luz entraba de lleno en aquel cuarto donde se respiraba amor y pasión. Los rayos de luz proporcionaban una luminosidad que dejaba ver dos cuerpos pegados, juntos y fusionados en una sintonía de amor. Abril miraba a Fran y Fran miraba a Abril, pero sus miradas no eran superficiales, sus miradas eran auténticas, de esas que hacen que puedas ver el alma de la otra persona, sentir su esencia, y justo después tu corazón siente una especie de pinchazo y de euforia que son difíciles de explicar, pero el amor no se puede explicar con palabras, el amor debe sentirse y vivirse, es la única forma de saber lo que es.

—Quiero mirarte a los ojos para siempre —dijo Fran mientras abrazaba cada vez más fuerte el cuerpo desnudo de Abril.

Su rostro empezó a sonrojarse y a sentir sus palabras con tal intensidad que su piel se erizó, y dejó paso a besos apasionados, cargados de una fuerte pasión, hasta que paró y miró fijamente a Fran.

—¿Para siempre? —dijo Abril mientras se pegaba más cerca de Fran y sentía cada vez más el calor de su cuerpo.

—Para siempre amor mío, nada ni nadie romperá nuestra unión. ¿Sabes por qué? Porque es tan auténtica e inesperada que hace que lo imposible sea posible. Te amo.

Abril sonrió y ambos se abrazaron tanto que parecía que se habían fusionado por completo en único ser cargado de amor y realidad. Todo se llenó de una luz blanca, y después desapareció, y todo se convirtió en oscuridad.

El cuerpo de Fran estaba medio descompuesto por las llamas, su casa ardía y ardía, mientras el rey y sus vasallos observaban la situación a no mucha distancia. Todos tenían una grata sonrisa en sus caras. El rey había logrado eliminar al futuro padre y madre de su nieto. Y es que nadie lo llegaría a saber nunca, pero por suerte el amor jamás muere, siempre existirá, y eso es algo que no puede cambiar. El amor es eterno.

SIGLOS DESPUÉS

1

Sus alas se movían desde abajo hacia arriba, una vez, dos veces... hasta que por fin comenzó a descender el vuelo, y es que las golondrinas, una vez han terminado de hacer sus acrobacias voladoras, también necesitan un descanso. Eso fue lo que precisamente hizo aquella golondrina de tonos oscuros. Sus patas se anclaron a la rama de un chopo, alto y frondoso que dejaba ver entre sus hojas una calle bastante transitada del pueblo de Alegría. Era una de esas calles donde puedes comprar cualquier cosa, de forma rápida y sencilla y en donde siempre vas a poder encontrar cientos de ofertas y de descuentos, es lo que tienen los pueblos pequeños, en donde todo lo tienes al alcance de la mano. Martín se aproximaba rápidamente mirando la hora de su reloj de muñeca. Las agujas marcaban las nueve y dos minutos pasados, un día más llegaba tarde a abrir su tienda de antigüedades por el famoso partido del Manchester, siempre le pasaba lo mismo, lo bueno de aquello es que era su propio jefe, al menos no tenía que llevarse una reprimenda por llegar unos minutos tarde. Pero aun así no le gustaba nada tener que llegar tarde, y más aún sintiendo un fuerte dolor en el pecho... desde la muerte de Marta nunca había llegado a ser el mismo. Intentó reformarse, buscar nuevos proyectos y seguir una vida medianamente honrada, pero le era imposible, y es lo que suele pasar cuando el amor de tu vida desaparece para siempre y somos conscientes de que nunca volverá. La única forma de apaciguar ese vacío y ese dolor que tenía por dentro no era otra que ver partidos del Manchester, era el único momento donde su cerebro descansaba y en parte podía tener calma. Aunque él mismo sabía que no era la mejor forma de superarlo, para ello debería afrontarlo, pero también sabía que hasta llegar a la forma de poder superarlo se necesita tiempo.

2

Una gota de sudor empezó a descender por su frente y cayó al vacío, dejando una mota en su polo azul turquesa. Era ya primavera y el tiempo estaba cada vez más loco. Días de frío y días de calor se fusionaban, era algo remotamente extraño que poco a poco se convertía en algo habitual en el pueblo de Alegría, y en general en el mundo entero. Martín sabía que a pesar de ser lunes vendrían casi las mismas personas de siempre, a pesar de abrir una cuenta en Instagram y comenzar a publicitar su tienda de antigüedades, era difícil siendo el siglo en el que estaba que alguien fuera de lo común quisiera comprar alguna antigüedad que no fuera una mesa de caoba o un sofá de cuero... Vendría la señora García a por los periódicos de los años 80 para su esposo casi inválido, y que siempre le dejaba una propina. Seguro que también vendría Alonso, el chico joven que busca cosas raras para después hacerse el entendido en páginas de internet e intentar vender esas mismas cosas por un precio exagerado. Lo que no sabía Martín es que, pese a sus 50 años, ese sería un día fuera de lo común en su trayectoria vital. Y que jamás olvidaría. Ya que la vida es justamente algo que jamás podremos entender, y donde van a pasar mil cosas que no llegan a tener explicación, pero que tampoco es necesario buscarla.

3

— ¿20 pavos por este cuaderno de cuero medio roto, en serio? —dijo Alonso mientras abría y cerraba el cuaderno sin parar.

Martín le miró con desdén y en silencio, hasta que por fin Alonso comprendió que Martín no tenía un buen día para discutir por un cuaderno de cuero desgastado, y que lo mejor sería que se marchase de allí cagando leches. Y eso fue lo que hizo, dejando atrás el tintineo de la campana de la puerta de la tienda de antigüedades, se alejó, y dejó a Martín en pleno silencio. Y es que después de los silencios vienen las grandes tormentas y sorpresas...

4

La mente de Martín estaba realmente saturada y es que los seres humanos cuando tenemos la mente llena de pensamientos y de cientos de cosas que tenemos que hacer empezamos a evadirnos de ellos, y empezamos a recordar los buenos momentos de nuestra vida, momentos de hogar y momentos de felicidad, no por miedo a afrontarlo sino por necesidad de libertad y seguridad, y es lo que le pasaba a Martín. Que tu esposa ya no esté no es fácil para nadie, y es algo que hay que aprender día tras día para empezar a vivir de verdad y no por inercia. Marta siempre había sido el amor más puro y real que él había tenido. Por tanto, su mente empezó a abrir las compuertas del recuerdo y se dejó atrapar por él.

5

El sol inundaba aquella playa llena de gente, cientos de personas tumbadas recibiendo sus potentes rayos y otras tantas metiéndose en el agua del mar Mediterráneo. Marta y Martín se encontraban andando por el paseo marítimo. Para ellos no había gente, no había ruido y no había nada más que sus ojos, sus profundos ojos que se miraban y se miraban sin cesar. Existía una fuerte conexión entre ellos, y cuanto más se miraban, más grande y hermoso se hacían sus corazones. Sentían una paz y una serenidad casi imposibles de explicar. Ellos estaban destinados a estar juntos, los dos lo sabían porque no lo sabían, solo lo sentían...

Martín la cogió de la mano y la apretó con fuerza mientras sentía el tacto de su mano y sus dulces ojos verdes clavados en los suyos. Sabía que era una de las mejores sensaciones del mundo, que esa persona que amas de verdad te mire, te sienta y te vea como tú eres, sin máscaras, sin miedos, sin complejos, y sin ningún tipo de ocultamiento. Así es como las personas nos sentimos cuando estamos viviendo el amor, y dejando de pensar en todo aquello que nos puede distraer de lo verdaderamente importante en la vida, y eso es el amor. Los pequeños momentos, las miradas, las sonrisas y todo aquello que siempre sabemos que es clave para la vida y para el futuro, pero pocas veces sabemos apreciar y valorar de verdad. Pero ellos dos sabían hacer lo imposible posible y lo irreal real.

— Eres la persona más increíble del mundo —dijo Martín, sacando una gran sonrisa de su rostro.

Marta recibió aquellas palabras en lo más profundo de su corazón para dejar paso a una gran sonrisa en su rostro y un poco de toques rojizos en su cara, se ruborizó al instante. Ella sabía desde los primeros momentos con Martín que quería compartir su vida con él. Era la persona que siempre había soñado, y la que siempre pensaba que no podría existir jamás en la vida y en la realidad. Lo que no sabía Marta hasta llegar a conocerle fue que la vida premia a todos aquellos que se encuentran en el nivel adecuado para recibir y valorar algo auténtico. Y ella misma sabía que tuvo un pasado difícil y que pocas personas, por decir casi ninguna, podían entenderla, además de algo muy importante, ya que, ella en pocas ocasiones podía ser ella misma. Con Martín desde el principio pudo ser ella, decir la verdad sin problema alguno, sin miedo, sin vergüenza, simplemente ellos y el mundo. El mundo y ellos. Fue así como poco a poco empezaron a construir una vida juntos, la cual era tan cierta desde el minuto uno que los dos lo sabían sin saberlo. Algo maravilloso.

— Tú sí que eres increíble, no había llegado a sentir tantas cosas que no puedo explicar con nadie en toda mi vida, y sé que tú eres mi persona increíble.

Ambos sonrieron de nuevo, ellos sabían lo que sentían y nada ni nadie podía decir lo contrario, se amaban de verdad y, aunque hubiera cosas buenas o malas en sus vidas, siempre iban a estar juntos. Comenzaron a andar a un ritmo muy alegre mientras empezaban a abrir la puerta de su mundo para adentrarse en el del resto de la gente. A su alrededor había cada vez más personas que empezaban a montar sus toallas y sus sillas en plena línea de playa, tenían que disfrutar el buen tiempo que hacía. Lo que Martín no sabía es que hay veces que la vida puede ser un lugar oscuro y trágico y donde todo es posible y hay muy pocas cosas que se pueden llegar a predecir. Lo que pasó es algo que jamás olvidó.

La mente de Martín siguió volando, hasta posarse en una cama tan cómoda y apetecible como ese sol de primavera que alegra el cuerpo y lo llena de vida. Estaban tumbados, desnudos y en silencio. Y es que él siempre decía que los mejores momentos de estar con alguien a quien amas de verdad es cuando puedes estar en completo silencio, sintiéndose y notando la energía de ambos fusionarse sin parar cada vez más y más, hacia un destino que no tenía fin, donde todo es posible y donde una simple mirada basta para decir lo que sientes. Y allí estaban, conectados y tranquilos en esa cama de un hotel de los muchos a los que fueron. Sonriéndose y riendo como dos jóvenes alocados, notando la libertad y los dos corazones que andaban al ritmo del amor, algo que nadie sabe definir con palabras, pero que sí sabe entender con acciones, y es algo que todo el mundo quiere o desea, pero que pocos saben cuidar o valorar. Aunque ellos sí sabían hacerlo, hacerlo para siempre.

6

Dentro de sus recuerdos, Martín empezó a oír un lejano eco de una voz desconocida. No sabía lo que podía ser, sentía su pelo erizarse, y su corazón ir más y más rápido. Se oía una dulce voz de lo que parecía una mujer en la lejanía, sus oídos captaban cada vez más la voz, aguda y educada pero que no dejaba de acercarse a donde se encontraba con su amada, una vez, dos, tres… su cuerpo se tensó, de pronto el recuerdo comenzó a desaparecer. Delante suya la habitación se caía a trozos y todo lo que había a su alrededor desaparecía tan rápido que no le dio tiempo a reaccionar cuando de pronto volvió a la realidad. En menos de un segundo, lo único que vio fue el rostro de una mujer enfrente suya, articulando palabras que su cerebro aún no podía procesar.

— ¿Señor? ¿Me oye? Quería saber si usted compra artículos antiguos o muy desgastados. ¿Oiga? —dijo la chica del pelo rojizo, mirando fijamente a Martín.

Por su lado, el señor Martín salía de su limbo personal y empezaba a ser consciente de que estaba en su tienda personal, y que eran las 11 de la mañana de un sábado cualquiera. Cuando reaccionó y comprendió las palabras de la joven, empezó a hablar.

—Sí, disculpe mi ausencia, ya sabe cómo son los recuerdos que a veces nos vienen de golpe y no podemos evitar volver a meternos en ellos…

La joven chica no dijo nada, pero tras sonreír a Martín prosiguió la conversación.

— Estoy muy de acuerdo con usted, desde luego que son como un soplo de aire fresco, hay veces que nuestra mente va en modo automático a ellos porque queremos sin saberlo volver a esos grandes momentos, seguro que estuvo en algún recuerdo especial y gratificante para usted, los humanos no recordamos mucho lo malo, preferimos recordar lo bueno. — dijo la joven mientras seguía sonriendo a Martín.

— Usted dice eso, pero no se deje engañar. El ser humano vuelve a esos recuerdos más a menudo cuando su vida actual no es como quiere que sea, sino estaría viviendo el ahora y no recordando el ayer. En mi caso, me es difícil vivir el ahora, estando sin mi mujer nunca será lo mismo. Disculpe. Mi nombre es Martín y esta tienda, como sabrá, es de antigüedades. Lo que sí que me falta avisar siempre es que sí que puedo comprar algunas cosas, lo único es que como poca gente viene aquí a vender, pues siempre lo dejo de lado.

La joven chica entendió perfectamente lo que Martín sentía, un profundo dolor, un vacío que nada ni nadie podrá tapar, y es que el dolor de no tener a esa persona que amas es tan amargo que hasta que una persona no lo vive no puede llegar a saber lo que es, aunque se lo digan o se lo expliquen mil veces. Ella lo sabía a ciencia cierta, su padre jamás volvería, jamás comería con ella, jamás podría llevar al parque a sus nietos y jamás podría volver a abrazarlo… Es un dolor tan cruel que jamás se olvida.

— No tiene que disculparse, tranquilo, le comprendo perfectamente, pero lo más importante de esto es recordar que todos llevamos una luz en nuestro interior y que, aunque no lo sepamos es ella la que nos guía en esta vida, y que siempre iluminará lo más importante de nosotros mismos y de aquellos con los que nos rodeamos.

— Debe ser eso, si usted lo dice puede que sea cierto, pero mi luz está bien mustia, debería cambiarle la bombilla sino jamás veré nada.

— Para eso tiene esta tienda de antigüedades, le aseguro que encontrará una bombilla bien grande para cambiar — dijo la chica con una grata sonrisa.

Martín sonrió. Siempre sienta bien que alguien que no conocemos nos recuerde quiénes somos y dónde estamos.

— Está bien, así que quiere venderme algo, ¿verdad?

—Algo que le parecerá raro pero que desde luego seguro que le genera un interés muy grande. Espere un segundo que lo tengo en el coche.

Mientras salía la joven chica Martín comenzó a recapacitar sobre todo aquello que había hablado con ella, era demasiado joven para saber tantas cosas humanas, pero estaba claro que nunca se es suficientemente joven o mayor para saber una cosa u otra y es que la vida es un completo misterio sin resolver, y que la única forma de saber algo más es viviéndola.

— Resulta que es muy difícil encontrar una tienda como la suya en este siglo que vivimos, llevo varios días investigando y la encontré por una amiga de una amiga de mi madre… —dijo la joven chica con cara sonriente.

— Quizá debería modernizarme un poco más, igual Instagram no es suficiente... Y ahora enséñeme eso que dice que seguro que me interesa —dijo Martín mirando fijamente a la chica.

La joven chica abrió su mochila color caqui, y lentamente sacó una especie de caja con forma de arcón, la puso sobre el mostrador y comenzó a abrirla. En ella se encontraban varias piedras con diversas formas, parecían runas. Después unos pocos anillos de lo que seguramente era oro. Unos cuantos manuscritos de mapas de ciudades y de planos de edificios. Había tantas cosas que parecía imposible que entrasen todas en aquella caja, pero así era. Martín se quedó mirando fijamente uno por uno todos los objetos que tenía delante, pero sus ojos se posaron en un sobre, que parecía una carta y que no parecía nada desgastada por el tiempo, más bien se podría decir que había salido de la fábrica ese mismo día.

— Veo bastantes cosas interesantes, en especial estos planos de construcciones antiguas y ciudades, aunque tengo una duda. ¿Este sobre es suyo?

Martín lo cogió, lo miró y sintió el tacto. Aunque estuviera mayor, jamás alguien que tuviese una tienda de antigüedades podría olvidar el tacto de un papel antiguo, de un sobre de antes del siglo XX, y aquel lo era. En la parte inferior derecha había una inscripción hecha con pluma que decía: "Año 1578". El rostro de Martín se quedó blanco y su mente empezó a trabajar.

— Tengo en mis manos un sobre de hace 500 años y está intacto, como si alguien lo hubiera hecho ayer mismo. ¿Esto es real? No puede ser. —Se dijo a sí mismo con rostro pensativo mientras la joven chica comenzó a contarle el lugar donde sacó esos objetos.

— Pone usted cara de sorprendido y desde luego me pasó lo mismo al descubrir todos estos objetos. Los cuales estaban en unas ruinas de un castillo que data del siglo XIV en Francia. En un pueblo completamente abandonado. Que en un pasado fue un pueblo rico, gobernado por un rey que dice la leyenda que perdió a su hija en un incendio provocado por uno de sus sirvientes que quería asesinarla, y al parecer lo consiguió. Mi equipo de investigación y yo comenzamos las exploraciones por esas zonas y nos topamos con todas estas cosas, pero lo que nos pareció extremamente loco fue este sobre, carta, llámelo como quiera, la cual, según nuestros sistemas de datación, es de esos años de la inscripción. Y por si no se ha dado cuenta, soy arqueóloga especializada en arqueología forense.

Martín se quedó sin palabras, aquel tema rozaba lo irreal, pero al parecer ese tipo de cosas también sucedían en su humilde tienda de barrio a cualquiera hora, en un día cualquiera, y de un año cualquiera. Era raro, pero las cosas raras también existen.

— Si le soy sincero, no sé muy bien cómo tomarme esto, es un tanto extraño, aunque he de decirle que algo dentro de mí me dice que debería tener esa carta tan perfecta entre mis manos. Una fuerza amarga me arrastra a ella, no sé cómo explicárselo. Más, sin embargo, las cosas extrañas en su mayoría son las mejores.

— Entiendo lo que siente por dentro, siempre me pasa lo mismo cuando encuentro cosas como estas, que tienen toques de misterios y de historias pasadas que hasta que uno mismo no llega a investigar no puede saber. Ya sabe lo que dicen, que la curiosidad ayuda a vivir más años. Como puede ver esta carta en concreto no ha sido abierta desde esa fecha, y es completamente original. ¿Hay trato, señor Martín?

7

Tras cerrarse la puerta de la tienda de Martín, todo cambió. De pronto había un silencio tan profundo que cualquiera se hubiera podido quedar dormido en un instante. Allí se encontraba Martín, de pie, con una sonrisa y con una profunda curiosidad por aquella carta que le había costado el trabajo de unos meses, pero que también sabía que era real que fuera de esos años y, por tanto, de aquella época. Sin pensarlo dos veces, empezó a abrirla lentamente, muy poco a poco con su abrecartas favorito del siglo XIX, uno de los primeros que crearon debido a la masificación de las postales. La carta se resistía, era de un papel diferente al moderno, se notaba su dureza y en especial su textura, poco a poco llegó al final de la esquina y finalmente la abrió. Una vez más, Martín puso cara de sorprendido, no sabía cómo poder tomarse aquello que veían sus ojos. Y es que es normal, a cualquiera le parecería raro pensar que una carta puede contener dos cartas en un mismo sobre, desde luego el universo es un completo misterio, en el cual todos los días descubres cosas, y donde debes saber con profunda claridad que jamás debes dar nada por sabido, ya que llega y te sorprende sin saberlo y es ahí cuando recuerdas que realmente sabemos lo que sabemos pero que nunca es suficiente, y es algo completamente increíble y maravilloso.

Martín sacó aquellas dos cartas que había dentro del sobre, cogió una y empezó a leer...

"Aquí me encuentro, con unas ganas insaciables de ti, de sentirte cerca, de hablar sin que el tiempo exista y de

crecer un poco más contigo. No sabría explicarte qué pasó para que nuestros caminos se encontrasen, pero ha sido lo mejor que me ha pasado en la vida, y sé que será lo mejor que me pasará.

Encontrar a alguien como tú es algo imposible dentro de este mundo misterioso, no sabía que existiría mi otra parte que me complementa y que me llena tanto como tú. Tus miradas me dan vida, me llenan tanto que no puedo explicarlo por completo, y en especial me hacen recordar que lo más importante en esta vida es el amor, sin el amor no tenemos nada, morimos con posesiones o con bienes, pero sin amor es como morir vacíos por dentro, y es el amor lo que nos ayuda a seguir viviendo.

Contigo estoy en constante cambio, en constante crecimiento y me siento más yo y sé que tú te sientes más tú. Estar contigo es como estar en casa, como estar en un hogar con la persona que siempre habías pensado que no existía, pero que cuando menos te lo esperas, te das cuenta de que todo lo que pensamos que es después cambia, y las cosas mágicas e imposibles existen.

Eres mi hogar, eres mi luz y eres el ángel de mi vida. Me has dado muchas lecciones y sé que me seguirás dando más y más cada día al igual que yo a ti. Juntos vamos a llegar a grandes sitios, estoy orgulloso de ti y quiero ver cómo sonríes todos los días de mi vida. Lo importante no es el dónde, sino el cómo, nos conocimos en el sitio que menos lo esperábamos y al final hemos construido algo maravilloso.

Sé que ambos nos llenamos de luz cada día, y es tan difícil de explicar todo lo que me haces sentir que no hay palabras suficientes para explicarlo. Lo único que puedo decir es que te amo, y cada día de mi vida voy a estar a tu lado. Espero que este día sea un día inolvidable para ti, porque tu vida está cambiando y hay cosas muy diferentes a cómo pensabas que serían. Pase lo que pase siempre estaré contigo y siempre voy a ayudarte, porque te quiero y porque me importas. Eres la mujer de mi vida. Muchas felicidades, cariño y espero poder hacerte un poquito más feliz hoy por ser tu gran día. Por ello te dejo estas líneas, las líneas que más me duelen dejarte, amor mío. Ya que no sé qué podría pasar dentro de poco. A pesar de que nuestro amor es infinito, me auguran mis pensamientos que dentro de poco mi vida va a terminar, al igual que la tuya amada mía. Sé que te escribo para otra dimensión, con un profundo dolor en el pecho porque ya no estás. Pero algo dentro de mí me dice que algún día llegarás a leerla, y sonreirás como sueles hacerlo siempre. Hoy ha sido un día fantástico, el día de tu cumpleaños, tu gran evento y en donde he podido participar un poco. Menos mal que tu ojo de lince nos salvó de la furia de tu padre en las cuadras, aun así, creo que alguien supo lo nuestro desde hace mucho tiempo amada mía, y no me preocupaba tanto mi seguridad como la tuya. Sabía que lo mejor es que nos hubiéramos ido cuanto antes. Quería decírtelo hoy antes de que apareciera tu padre... Sé que tu padre estaría en contra, pero también sé que tu pensamiento y tu corazón están fusionados con los míos y que lo único que quieres en esta vida es ser libre y feliz conmigo.

Nuestro amor jamás desaparecerá, aunque nosotros estemos muertos, el amor auténtico jamás desaparece, siempre suma al mundo una especie de fragancia positiva que ayuda a que crezca más y más hasta un punto sin fin. Te amo con locura mi dulce amor, y pase lo que pase jamás te olvidaré. Te esperaré siempre para formar esa vida que tanto nos merecemos. Si tengo que morir hoy voy a ir en tu encuentro para sentirte cerca de mí, y mostrar al universo que, aunque alguien muera, jamás desaparece su amor en el mundo. Te quiero por siempre.

DE TU AMADO PARA EL AMOR MÁS GRANDE DE MI VIDA.

Martín se quedó sin palabras, él sabía muy bien todo aquello que había leído en esa carta, era realmente trágico y algo que no se puede olvidar fácilmente. Parecía que algo dentro de él despertó, una fuerza interna, un algo tan poderoso que no supo cómo tomárselo, pero estaba claro que sabía que aquello que sentía era el poder del amor y que su fuerza empezó a llenarle por dentro, esa carta estaba llena de lo que falta en este mundo de oscuridad y horror. Y es que el amor puede curar y destruir todo, es tan poderoso que no tiene una explicación. En cada persona es diferente, nadie puede explicarlo, pero sí que pueden sentirlo. Eso es el amor, es todo y es nada, es algo tan mágico que no parece humano. El amor es amor.

8

Pasados unos minutos, y tras volver a leer la carta una y otra vez, Martín cogió la otra carta del misterioso sobre, y una vez más volvió a leerla, con la diferencia de que ahora su amor interno había vuelto a despertar...

Te escribo esta carta desde el corazón, mi joven amor, eres la persona más increíble del mundo y con la que quiero estar siempre. Ha sido un día muy especial para mí, a pesar de las dificultades constantes de la celebración de mi cumpleaños en todo el reino, y del ajetreo constante de mis cientos de quehaceres. Tú has hecho que sea más feliz, has hecho que sea un día con más luz y con más fuerza. Mi padre no querría nuestra unión por nada del mundo, a pesar de ello tengo que decirte lo que no pude decirte en las cuadras.

Y es que llevo una vida dentro de mí, es nuestro hijo, nuestro amado, y ha surgido de nuestro profundo amor. Lo único que quiero en estos momentos es irme lejos de aquí, comenzar una vida junto a ti y a nuestro hijo y olvidarnos de todo este mundo de reinos. Siento no habértelo dicho antes, justo esta mañana me enteré de ello, una de mis sirvientas de confianza que fue matrona me dijo que las semillas de trigo y cebada crecían, y que no paraban de hacerlo a pasos agigantados con mi orina, por lo que amor mío estoy embaraza, embarazada con la fusión de nuestro amor.

Sé que nadie lo va a entender, pero tampoco me importa que lo entiendan. Nosotros sabemos lo que sentimos y en especial sabemos lo que queremos, nada ni nadie podrá parar esto. Espero que esta carta te llegue pronto, he pensado en irnos mañana en la madrugada, y que empecemos una nueva vida, la vida que nos merecemos. Te adoro mi amor.

Esta noche voy a estar pensando en ti, en que estés a mi lado abrazándome como lo haces siempre. Me siento muy segura y llena de vida a tu lado. Te quiero por siempre.

De tu amada y futura esposa.

El amor es esa sensación, esa esencia, ese poder que tiene el mundo humano, y que cada persona lo lleva por dentro. Puede ser más pequeño o más grande, no importa el tamaño, sino que lo que importa es que lo sientas. El amor es algo tan increíble y a la vez tan especial que todo el mundo puede entender lo que es, pero pocas personas pueden explicarlo, por no decir casi ninguna. El amor es vida y a la vez es muerte, puede ser lo más bonito del mundo y en un instante ser lo más horrible del mundo, y todo ello es algo increíblemente hermoso y bello.

Es algo tan inesperado e impredecible que hace que las personas vivan más, que sientan más y que vibren a una frecuencia altamente poderosa. Todo lo que hagas desde el amor saldrá, funcionará y será tan especial que jamás podrás compararlo a otra cosa. El amor mueve el mundo sin verlo, ya que solo puedes sentirlo.

Este libro es un viaje por esos mundos de amor, esos mundos de sensaciones que solo pueden ser vividas y experimentadas viviendo. Para llegar de alguna forma a intentar explicar todo lo que siento por una persona muy especial en mi vida. Esa persona que sabe todo sobre mí y que me entiende, ama y respeta tal y como soy. La cual me ayudó a cambiar, me ayudó a mejorar y me ayudó a crecer un poquito más. Y sigue haciéndolo cada día y cada segundo de mi vida. Por siempre el amor será lo más maravilloso de la vida y será lo que sigue ayudando a las personas a sonreír.

Este libro, como el amor en sí mismo no tiene un final claro, lo único que tendrá será continuidad, una y otra vez, porque el amor jamás desaparecerá, es eterno.

Te quiero con locura. Gracias por todo siempre.

DyA.

REDES SOCIALES DEL AUTOR

Instagram: @davidvalladar

Tiktok: @blackblack (encontraréis cientos de frases de mis libros).

Facebook: David Valladar García

OTROS LIBROS DEL AUTOR

Relatos de vida, El Profesor, Necesidades Esporádicas...

Todos ellos podéis encontrarlos en varios formatos en Amazon, y estaría encantado de que os ayuden en vuestras vidas si decidís probarlos. Un fuerte abrazo.

europa
ediciones